AF197818

Motschi von Richthofen

Offener gereimter Diskurs

Mit Gedichten in deutscher und englischer Sprache
zum Denken anregen

Verlag und Druck:
tredition GmbH
Halenreie 42
22359 Hamburg
tredition GmbH

Copyright 2023 by
Motschi von Richthofen

Softcover: ISBN 978-3-384-15881-9
Hardcover: ISBN 978-3-384-15882-6
E-Book: ISBN 978-3-384-15883-3

Nicht durch die Kraft höhlet der Tropfen den Stein, sondern durch häufiges Fallen.

Glücklich ist, wer das, was er liebt, auch wagt, mit Mut zu beschützen.

Journalismus

Diese Profession
hat die Mission
gesellschaftlich relevante Information
aufzuzeigen und zu berichten
ohne zu richten
und etwas dazu zu dichten
sondern so objektiv wie möglich
die Wahrheit so offensichtlich
mit jedem Federstrich
der Öffentlichkeit aufzuzeigen
und mit integren Geigen
nichts zu verschweigen.

Der Journalist hat natürlich seine Sicht,
die stört auch nicht
und hat großes Gewicht,
doch ist sie immer auch objektiv
und berichtet exklusiv
und nie destruktiv,
denn dieser Beruf ist wichtig
und alles andere als nichtig
darum möglichst aufrichtig
Es ist die vierte Gewalt
in schreibender Gestalt
mit wertvollem Inhalt.

Verantwortung der besonderen Art
In der Gegenwart
war immer schon hart

Es kommt zu einer neuen Weltsicht
Überall bei jeder Schicht,
Hautfarbe ist auch egal
Abgrenzung nur ne Qual

Wir sind offen und aktiv
Wir leben in dem Kollektiv

Es kommt zu einer neuen Gesellschaft
Die ein miteinander schafft
Wo alt und jung leben
Und nach Erfüllung streben

Wir sind tolerant und liberal
Wir sind absolut wertneutral

Es kommt zu einem neuen Verständnis
Einem gegenseitigen Religionsgeständnis
Wo jeder den anderen betrachtet
Und jeden den Glauben achtet

Wir sind vielschichtig und anders
Wir sind alle besonders

Es kommt zu einer neuen Regierung
Eine andere Konzeptionierung
Die politisch vom Volk bestimmt
Das Zepter in die Hand nimmt

Wir sind kreativ und gestalterisch

Wir sind total schöpferisch

Es kommt zu einer neuen Bildungskultur
Eine auf Stärken basierte Struktur
Die Kinder animiert zum Lernen
Und sich gegenseitig anspornen

Wir sind analytisch und unkonventionell
Wir sind empathisch und geben schnell

Es kommt zu einer neuen Epoche
Sie wird immer stärker jede Woche
lässt Angst verschwinden und gibt Mut
und tut den Menschen richtig gut.

Wir sind geschäftig und unverdrossen
Wir sind für alles aufgeschlossen

Es kommt zu einer neuen Historiografie
Ausgelöst durch eine Pandemie
Sie hat die Menschen aufgeweckt
Und viel Neues wurde entdeckt

Wir sind erfinderisch und reich
Wir sind genial und ideenreich

Es kommt zu einem neuen Verstehen
im liebevollen miteinander Umgehen

wo jeder Mensch gleich viel zählt
und selbst entscheidend wählt

Wir sind einzigartige Wesen

Wir können im Herzen lesen

Eine neue Gesellschaft ist im Werden
Wundersam hier auf Erden

Wenn ich an Bayern denke in der Nacht,
so bin ich um den Schlaf gebracht
Söder der Mephisto Star
Er ist ja auch abwählbar
Denn wenn jemand Kindern schadet
bleibt nicht unbeschadet
Da das Karma Zeit nicht kennt
aber Verbrechen beim Namen nennt.
Und das KVR und seine Leute
sind im hier und jetzt im Heute
Genauso verantwortlich für ihr Handeln
und müssen sich wohl manchmal wandeln
und für das Leben einstehen
um kein Verbrechen zu begehen
Jedes einzelne Rad im Getriebe
ist ein Sender der Liebe
und muss voller Mut
Es ist gerade sehr akut
gegen das Böse aufbegehren
und Schlimmeres abzuwehren
Wie kann es sein, dass Schulkinder
als zukünftige Generationenverbinder
alleine hinter der Schulbank
es macht sie krank
Masken ertragen
und dies beklagen
Denn Lernen mit Atemnot
ist schier der Tod
Drum ist jeder Einzelne wichtig
und Widerstand ist richtig
Unsere Augen müssen sehen

und neben dem Verstehen
auch immer agieren
und Gutes kreieren
Angst hat hier keinen Platz
in der Freiheit liegt der Schatz
So möge sich jeder aktivieren
und tausendfach agieren

Zeckenalarm

Wir haben neue Covid-Zecken
Die kommen gerade aus allen Ecken
Besonders oft bei den Politikern
und selten bei Corona Kritikern

Sie beißen sich fest und saugen den Mut
So überwiegt die Angst im Blut
Und mit den altbekannten Mediengestalter
Drehen sie am Meinungsschalten

Diese kleinen Parasiten muss man nur rausdrehen
Der Kopf muss unbedingt mit raus gehen
Und dann einfach ins Klo oder verbrennen
Und in die Freiheit und Liebe zu rennen

So Invasionen müssen wir besser abwenden
Und auch schneller beenden
Denn sie ziehen ja viel unnötige Kraft
Gegen die positive Gemeinschaft

Drum Alarm Alarm
Du Menschenschwarm
Befreie dich schnell
Aus dem Destruktionsmodell

„Glücklich, wer, was er liebt, tapfer zu verteidigen wagt."
Ovid

Covid ist Krieg
Covid ist ein Virus
Covid ist eine Schimäre
Covid ist der Irrsinn

Covid spaltet Menschen
Covid will Macht haben
Covid zerstört das Mitgefühl
Covid produziert Angst
Covid beeinflusst die Massen
Covid hasst Liebe
Covid verachtet Mut
Covid unterstützt die Armut
Covid tötet Kreativität
Covid verstellt die Sicht
Covid verängstigt Kinder
Covid nimmt die Luft

Covid ist gegen das Leben
Covid ist gegen das Herz
Covid ist gegen den Verstand
Covid ist gegen die Freude

DER FREIHEITSGEDANKE
„COVID NEIN DANKE"

„Es kann niemand ethisch verantwortungsvoll leben, der nur an sich denkt und alles seinem persönlichen Vorteil unterstellt. Du musst für den anderen leben, wenn du für dich selbst leben willst." Seneca

Divoc ist Frieden
Divoc ist in uns

Divoc ist das Ideal
Divoc ist der Sinn

Divoc vereint Menschen
Divoc will geben

Divoc erschafft das Mitgefühl
Divoc produziert Mut

Divoc öffnet die Massen
Divoc hasst Eindimensionalität
Divoc verachtet Armleutertum
Divoc unterstützt den Reichtum

Divoc tötet Hass
Divoc erstellt die Sicht
Divoc unterstützt Kinder
Divoc gibt Luft
Divoc heißt würdevoll handeln

Divoc ist für das Leben
Divoc ist für das Herz
Divoc ist für den Verstand
Divoc ist für die Freude

DER FREIHEITSGEDANKE
„DIR DIVOC DANKE"

Wish I could say what I love
To count all the ways of love
All those beautiful impressions
All this beautiful sessions

Unsere Aufgaben

Sinnperspektive
fördert das Kreative
Ziele sich setzen
die Stärken vernetzen
Ideen formieren
Gaben erkennen
Neue Wege benennen
Erschaffen und gestalten
Mit Achtsamkeit walten
Auf auf auf wir traben
und sehe unsere Gaben
öffne die Tür ein Stück
zu meinem Glück
und indem ich gebe
Freude und Liebe verwebe
verändere ich die Stunde
mit jeder Sekunde
Denn jeder Traum
Pflanzt einen Baum
der Früchte trägt
und Maßstäbe legt
Freude am Lachen
und Aktionen machen

Die 50iger sind die Besten
Im Norden Osten, Süden und Westen
Da lacht das Herz als Symphonie
Und schwebt in seiner Harmonie

Du bist immer der Unterstützer
und überall ein Herzensschützer
möchtest die Menschen verweben
und ihnen Liebevolles geben

Jetzt 2020 bist du im Widerstand
Mit Mut und Freude in der Hand
Willst eine freie Welt mitgestalten
Und wahre Demokratie hochhalten

Hochleben heisst die Devise
Raus aus der Diktaturkrise
Und dich hochleben lassen
glücklich und ausgelassen

We humans love each other
and respect one another
We are one world of attentiveness
and we will find happiness
As we are all related to do good
in our sister and brotherhood
And each single government
Has just one empowerment
Supported by us inhabitants
We are not only stupid ants
We got the power of mindfulness
and have all a watchful dress
Our hearts are full of loving visions
and we all got thoughtful missions
Love, beauty and respect
This is our prospect
We will always win
Here and there a sin,
but we humbly embrace life
For this we all strife
Our world is powerful
And of course, beautiful

Our own mindful state
Is right now at stake
But we are positive generations
and will stand up for our creations
Based on our understandings
and all our ideas and findings
As we see not only with our mindsets
But with our hearts likely the sunsets

19

Whoever wants to threaten this concept
will have to realize and accept,
that we are many and get back our merriment
with freedom and peace in our hand
And will have leave their cage
We are not afraid and got courage
Therefore, we will fight for humanity
and for a wonderful community.

The nature wants creatures
with thousands of features
Designing a wonderful environment
With the sense of accomplishment.

We are billions of souls full of diversity
Full of love and generosity

This is our strength and greatness
and we will attain success.

Die Masquerade

Masken werden uns aufgezwungen
Wir tragen sie notgedrungen
Besonders für Kinder ein Verbrechen
Man will den Willen brechen
Und uns den Atem rauben
Gleich wie Daumenschrauben
Es gleicht einer seelischen Schlacht
Und eine Regierung die so was macht
Erfüllt nicht mehr ihren Zweck
Und muss ganz schnell weg

Ein Grauen Weltweit
Über die Menschheit

So unglaublich schade
Diese Masquerade

Mein Herz mir schier zerreisst
Wo bist du liebender Geist

Küsse die Menschen wach
Zeig es ihnen und lach

Das Leben ist so wundervoll
Genial und einfach toll

Verbrenne die Masken mit der Achtsamkeit
Und geben ihnen wieder ihre Freiheit

Weihnachten 2020

Dieses Jahr war eine Idiotie
Durch eine Pandemie
Die gleich einer Grippewelle
Auf die Schnelle

Menschen in die Angst getrieben
Mit den Medienhieben
Doch das Gute wird obsiegen
Und seinen Raum kriegen

Denn die Liebe ist die Macht
Und gewinnt jede Schlacht

Genießen wir diese Weihnachtszeit
Umhüllen uns mit dem Freudenkleid
Schenken unseren Liebsten Mut
und leben warmer Gleichmut

Singen wir das Lied der Lieder
Gebettet im friedvollen Gefieder
Und gestalten das Jetzt mit Licht
Denn das Positive hat Gewicht

Wundervolle Weihnachten euch allen
in den universal-göttlichen Hallen
Fantastisches ist im Entstehen
Lasst es alle SEHEN

Merry Christmas

Fassungslos

Ich bin fassungslos
Ich bin so fassungslos
Ich bin so unendlich fassungslos

Hier offenbare ich mein Sicht
Ganz einfach ganz schlicht
Jeder hat sein eigenes inneres Gericht

Ich bin fassungslos
Wenn ich sehe, dass die Welle der Angst viele mitreißt
Und die Menschlichkeit geradezu entgleist

Ich bin fassungslos
Wenn ich mir die heutigen Politiker ansehe und begreife
Dass es bei denen sehr weit fehlt an ihrer Herzensreife

Ich bin fassungslos
Wenn ich an Adreonochromie denke und hinterfrage
Ist es für mich eine große gesellschaftliche Klage

Ich bin fassungslos
Wenn ich erkenne, dass einige Wenige ein Grauen bringen
Und dies als Grest Reset im Business Economy Forum
besingen

Ich bin fassungslos
Wenn ich unser Rechtssystem in Gefahr erkenne
Und Oppermann als Opfer beim Namen nenne

Ich bin fassungslos
Wenn ich den Reden einer Frau Merkel lausche

Und sie mit einem Mephisto geradezu vertausche

Ich bin fassungslos
Wenn man weltweit einen Impfstoff lobt
Der noch gar nicht ausreichend erprobt

Ich bin fassungslos
Und meine Seele weint und ist dennoch standhaft
Denn das GUTE ist die schaffende Kraft

Kurz und schmerzlos
Die Angst ist groß
Und macht sich in die Hos

Kurz und schmerzlos
was haben mache bloß
sind die so hoffnungslos

Kurz und schmerzlos
Ganz schnell und schmerzlos
Einen kleinen Wahrheitsstoß

Es ist ein Scherz
im Wolfsnerz

Roboter ohne Emotionen
Ohne eigene Positionen
Ohne Kreativität
Und ohne Humanität

Kreaturen ohne Leben
Ohne liebevolles Geben
Ohne herzliches Lachen
Und ohne positives Machen

Künstlich ohne Intelligenz
Ohne metaphysische Transzendenz
Ohne Wahrhaftigkeit
Ohne wirkliche Freiheit

Menschen mit Herzensbildung
Mit klarer Beobachtung
Mit Forschergeist
Und mit Pioniergeist

Wesen mit Schaffenskraft
Mit gestalterischer Meisterschaft
Mit liebevollem Verständnis
Und mit individuellem Erfolgserlebnis

Einzelne mit Seelensubstanz
Mit innerem Glanz

Mit universalen Fähigkeiten
Und mit wundervollen Möglichkeiten

Eine verrückte Zeit

Wir schreiben eine verrückte Zeit
Völlig sinnbefreit
Eine Zeit voller Diktatur
Von Vernunft keine Spur

Eine Epoche der kontra Produktivität
Und wider der Humanität
In der das menschliche Gehirn
Der Liebe hält die Stirn

Einer Gegebenheit,
die nur noch schreit.
Wo ist die Menschlichkeit geblieben
und das Sein zu lieben

Oh je was ist geschehen
Wo ist das wahre Sehen
Wo ist unsere Spezies geblieben
Und das Wahrheitssieben

Oh je wo ist unsere Natur
Von ihr ist keine Spur
Sie hört sich selbst nicht
Und ist mit sich selbst nicht im Gericht

Oh je ich will Menschlichkeit
Hier fehlt es so weit
Sie ist begraben tief
Wohin sie wohl nun lief

Hallo hallt es im Wald

Und kommt zur neuen Gestalt
Denn wir sind ohne Schmerzen
Und fühlen mit dem Herzen

Hallo wacht auf und seht
Wohin die Reise geht
Wir sind Lebewesen
Die im Sein genesen

Hallo wir sind emotional
Und einfach genial
Jeder einzelne ein Bild,
das es zu retten gilt

Wir werden siegen
Im lieblosen Kriegen
Und die Ritter sein
Im Liebessein

Building Back Better

Why to build back
We just change the track
And generate a new way
On which we gonna stay

We build on what we got
Love and happiness we spot
We create another society
With richness and variety

We grow and learn through mistakes
And whatever it takes
We will find the right trace
To build up a beautiful place

Building back is just destruction
And contra-productive to creation
So we will organize and build up
A new world like an innovative start-up

Eine neue Partei hat sich geschaffen
In der Hand die Herzenswaffen
um mit den Bürgern zu gestalten
und in mit Achtsamkeit zu walten

Eine neue Partei ist entstanden
und hat die Freiheit verstanden
den wir alle Menschen sind wichtig
und so wundervoll vielschichtig

Eine neue Partei hat sich etabliert
und ist als Schwarm ganz couragiert
denn wir alle formen unsere Welt
unter diesem schönen Himmelszelt

Eine neue Partei wird jetzt aufgebaut
wo jeder sich gegenseitig vertraut
und Macht nicht ausgenützt werden kann
denn wir alle fahren mit dem Wahrheitsgespann

Deutschland wird von uns alle regiert
und von uns allen inspiriert
Wir sind alle ein Teil von unserem Land
und haben die Gestaltung in der Hand

Wir müssen uns schützen
und unseren Verstand benützen

Wir müssen uns schützen
Die Herzenswärme stützen

Wir müssen viel
und haben ein Ziel.

Wir müssen Liebe generieren
und eine menschenwürdige Zukunft etablieren.

Wir müssen Gutes generieren
Und den Gollum-Effekt verlieren.

Wir müssen viel
und haben ein Ziel.

So ist das halt nun mal
Im menschlichen Freudenstall.

Kriegt man etwas durch den Krieg?
Siegt man durch einen Sieg?
Zu beiden Fragen
Kann ich nur sagen
Nein
Es kann nicht sein,
dass der Mensch immer noch so dumm ist
und als Grüner oder Sozialist
auch noch mit Waffen die Zerstörung unterstützt
der Krieg der nur dem Geld nützt
Menschen sterben auf beiden Seiten
und zerstört unsere Fähigkeiten
Ist die Menschheit denn so dumm
und so hirnverbrannt und stumm?
Wie werden wir endlich selbstbestimmt?
Damit endlich der liebende Geist übernimmt!

Frieden schaffen
Ohne Waffen
Mit Diplomaten
Anstatt Granaten.

Mitdenken
Gier versenken
Mut generieren
Liebe produzieren

Schwadronen der Heiterkeit

Streitkräfte müssen an die Front
Truppen werden formiert
Dem Trübsal wird die Stirn geboten
Nehmt die Waffen der Liebe
Stoßt in die Herzen des Hasses
Eins zwei, eins zwei, eins zwei
Wir marschieren im Gleichschritt
und geben der Negation einen Tritt
Freude und Wonne
Im Herzen die Sonne

Wir machen keine Gefangenen
freiheitlich kommen sie mit
Jeder will Glück und Erfüllung
Auf Tritt und Schritt

Das Lächeln gewinnt
Die Milde obsiegt

Ein neuer Virus erobert die Welt

Ein neuer Virus ist ausgebrochen
Er ist aus seiner Höhle gekrochen
Hat sich seiner Schatten gestellt
Und erobert gerade die Welt

Zuerst hat er nur einige infiziert
Und die Liebe in ihnen produziert
Doch ist er unaufhaltsam schnell
Und generiert ein neues Lebensmodell

Er zerstört die Zellen der Macht
Und ist der Ritter in voller Pracht
Mit der Rüstung der Lebensenergie
Und dem Schwert der Zukunftsstrategie

Die Pandemie der Menschlichkeit
Sie ist voll aktiv weltweit
Selbst in Herzen aus Stein
Fällt sie unerbittlich ein

Niemand kann sich dem erwehren
Es muss sich geradezu stet vermehren
Denn hier ist Mut, Freude und Glück
Und gibt den Menschen ihr Leben zurück

A new virus spreads around
It is the new turnaround
And is infecting everybody
There is almost nobody
Who can resist this infection
And this beautiful perception

It gets into every cell and mind
And all those people who were blind
Are able to see again with their heard
And it is getting a new state of the art
In which happiness and well being
Creates a positive and great believing

In the beginning it was really difficult
But love and forgiveness is the result
And this new life is without fear
The freedom of mankind is near
As love will always win
Knowing every soul's pin

We just have to say
The Great FREESET is on its way

Künstliche Intelligenz

Sie kann sogar dichten
Coole Aussichten
Sie kann sogar pflegen
Neue Standards legen
Sie kann sogar schweißen
Und willkommen heißen

Sie kann so vieles machen
Nur leider nie wirklich lachen
Nicht empfinden den Witz
Liebe ist nicht in ihrem Besitz

Sie kann uns helfend zur Seite stehen
Einen Weg mit uns gehen
Sie kann vieles und ist gut
Nur kennt sie keine Wut und Mut

Sie ist ein Ebenbild
unvollkommen

Parteienkorsett

Ja ja das Korsett
ist ja wie das Bajonett
die Rüstung ist schwer
und man sieht sich selbst nicht mehr

Schon ist es um einen geschehen
und die Charakter verwehen
Es ist halt wie immer
im Hinterzimmer

Egal zu welcher Zeit
in der Gegenwart oder Vergangenheit
ob Feudalismus oder Diktatur
heute sind wir auf einer anderen Spur

Sie heißt nicht Repräsentative Demokratie
sondern wirkliche Demokratie
das Korsett legen wir zur Seite
mit richtiger Tragweite.

Scheinbar eine Illusion
Denn jede noch so schöne Vision
Scheitert an dem Parteienkonstrukt

Jetzt wird gerade das Heimat-Land
weltweit geradezu überrannt.
Es geht den Bach runter
es wird noch richtig bunter.
Die neue Weltordnung scheint das Ziel
Ganz im WEF oder WHO Stil.
Nur wurde nicht mit dem Menschen gerechnet
diesen konnte man nicht berechnen
Die KI ist der momentane Lieblingsdirigent
Klar teilweise auch intelligent.
Es ist etwas Neues im Entstehen
und kommt geradezu unbesehen.
Renaissance 2.0 wird nicht so blutig,
sondern besonnen und mutig.
Bürger und Bürgerinnen stehen auf
und bestimmen ihren Lebenslauf.
Der Ring der Macht immer noch sehr präsent
für den Menschen leider kein Kompliment.
Egal die Spezies ist halt noch verwirrt
und hat sich schrecklich verirrt
Im Labyrinth des Grauens noch verkettet
Werden die Seelen jetzt gerettet
Die universale Göttlichkeit, von allen Religionen
kommt mit der Liebe und herrlichen Visionen
Die Spezies befreit sich vom Bösen
und kann sich endlich von allem Negativen lösen
Wie sich Phönix aus der Asche befreit
Erkennt und erhebt sich die Menschheit

Julian Assange

*Humans all around this world let us stand together for this
great journalist and let us show him our solidarity for his
revealing work and seeking the truth*

Ist echt ein richtiger Mist.
da sitzt er als Journalist
Hinter Schwedischen Gardinen
mit ganz besonderen Latrinen

Die Wahrheit ist immer so eine Sache
Verbunden mit der ehrbaren Sprache
Sie zeigt das wahre Gesicht
und das wollen die Verbrecher nicht.

Kaum ein Politiker hat Eier in den Hosen
Es sind halt meistens richtige Mimosen

Ja wer will auch seine Leichen ausgraben
Daran kann man sich ja gar nicht laben
So generiert man lieber einen Friedhof
Bald kommt dann der Staatsgerichtshof

Den Neuzeitlichen Ritter
steckt man hinter Gitter

Indiskutabel muss ich sagen,
da kommt Absurdistan zum Tragen.

Nachdem das Gute immer obsiegt
und die Wahrheit schon vorliegt
Wird der Schleier bald fallen
und es so richtig knallen.

Freiheit und ein wundervolles Leben
Dafür lohnt es sich zu streben.
Humor ist der Begleiter
So gehen wir weiter

FREE JULIAN ASSANGE
FREIHEIT FÜR JULIAN ASSANGE

Die Terroranschläge am 11. September 2001 sind wohl von
US-amerikanischen Geheimdiensten durchgeführt worden
Somit von kranken Zerstörerhorden.

Der Denver International Airport soll einer neuen
Weltordnung als deren zentraler Flughafen dienen.
Das neue totalitäre Geldverdienen.

Die gegenwärtig stattfindende globale Erwärmung ist nicht
wirklich gefährlich.
Die Angstmacherei ist bedenklich

Jürgen Möllemann starb bei einem Fallschirmsprung und
wurde ermordet
Er war halt ernsthaft gefärdet

Gary Webb, der Investigativ Journalist und Jörf Haider sind
ernordet worden.
Von diesen CIA; NPO; Mörder-Horden

Der Amoklauf an der Sandy Hook Elementary School hat nie
stattgefunden
Die Verbrecher sind der Medien Kunden

Adrenochrom das Stoffwechselprodukt soll dabei helfen, den
Alterungsprozess zu verlangsamen.
Auf was die Psychopaten alles kamen.

Jeffrey Epstein hat sich in seiner Gefängniszelle nicht selbst
umgebracht.
Sondern wurde um die Ecke gebracht

COVID-19-Pandemie war genauso wie die Schweinegrippe
oder eine Grippe aus dem Labor
Die Impfung ein richtiges Eigentor.

Was ist wahr und was ist falsch. Für die, die mit dem Herzen
sehen, ist alles zu erkennen.

Gollum Effekt

Gollum vom „Herr der Ringe"
Ist ein ganz armes Wesen,
Der in der weltlichen Macht verfangen
Den Ring der Macht haben muss
Egal wie und mit welchen Aktionen
Würde und Ehre spielen da keine Rolle
Selde gibt es ja auch schon gar nicht mehr
Die Verrohung und Ehrenlosigkeit
Alles nur für diesen Ring der Macht

Viele haben diesen Gollum Effekt
Und streben nach Macht und Geld
Genauso wie diese arme Wesenheit
Verfallen sie diesem Hamsterradeffekt

Sie haben leider nicht den wahren Sinn erkannt
So wie der kleine Frodo mit dem Ring in der Hand
Der die Liebe und das Gute in sich trägt
Und sich ritterlich mit dem Bösen rumschlägt

Wir sind alle verbunden wie die Sprossen unserer
Seelenleiter
So hat Jeder auch einen Sam als loyalsten Begleiter

Doch viele sind vom wirklichen Streben sehr weit entfernt
Und haben das Wichtigste nie gelernt
Ihre Seelenstruktur ist verwelkt und verkümmert
Sie haben ihren wahren Reichtum zertrümmert

Die ganzen Gollums der Welt
Unter diesem Himmelszelt
sind armen armen Seelen
denen kann man nur Liebe empfehlen

Menschen, die mit der Seele dabei sind
Mit der Empathie und Liebe vom Kind
Und mit dem Verstand etwas gestalten
Um die Menschheitsfamilie zu entfalten
Haben oft die A-Karte im Visier
Denn des Menschen Machtsucht und Gier
Zerstört für den kurzen Augenblick
Und formt auf üble Weise deren Geschick
Viele meinen in diesem kurzen Menschenleben
Muss man nun mal halt nach Reichtum streben.
Koste was es wolle in dieser Welt
Das Wichtigste ist Ansehen und Geld.
Die edlen Ritter werden umgebracht
Im Zuge der politischen Schlacht.
Diejenigen die diesen Mord veranlassen
Sind einsam in den Verbrechergassen
Und werden nie das Wichtigste erfahren
Anstelle der Schönheit nur die Verfahren
Diesen Kreaturen kann man nur Mitleid schenken
Denn sie können nicht mit dem Herzen denken.

Menschen wie Martin Luther King, Kennedy, Jessenin,
Gandhi, und wie sie alle heißen
Fahren auf den menschlich-schaffenden Gleisen
Sie sind es die alles geben
Sogar ihr eigenes Leben
Für eine bessere Gegenwart
Dafür sind sie am Start

All die anderen ganz Netten
Sind kleinbürgerliche Marionetten

Mit kurzen Beinen und langen Nasen
Es sind halt wirkliche Angsthasen

Genderwahn

Es gibt ja immer wieder einen Wahn
Der ist auch ein gscheider Schmarrn
Und leider kommt er oft von der Politik
Scheint wohl die zutreffende Charakteristik
Egal zu welcher Zeit es auch wahr
Es wird den Menschen schnell klar
Dass hier was aus den Rudern läuft
Und sich der absurde Irrsinn anhäuft

Heutzutage in Deutschland haben wir ne Phase
Da wächste die politische Nase
die Beine werden immer kleiner
Und es war natürlich keiner

In den Kitas sollen die Kinder schon Sex erlernen
Da redet man nicht mehr von Feen und Sternen
Nein jetzt wird gerade der Untergang geübt
Und das kindliche Herzensglas getrübt

Jeder der da mitmacht
In dieser Kinderschlacht
Wird zur Verantwortung gezogen
Zu viel wurde schon gelogen

Drum kann ich nur empfehlen
Nicht mehr weiter mit den Seelen hehlen

Sondern wieder mit den Herzen sehen
Und die Wahrhaftigkeit verstehen

Lessons Learnt wird kommen
Und ganz unvoreingenommen
Werden diesen Personen das Handwerk gelegt
Denn es ist ja alles schriftlich belegt

Wenn ich an Deutschland denke in der Nacht
So bin ich um den Schlaf gebracht (Heinrich Heine 19 Jh.)

Ich liebe meine Heimat
Ich liebe mein Bayernland
Ich liebe unsere deutschen Dichter und Denker
Ich liebe unsere Erfinder und Erkunder

Hier sind meine Wurzeln
Hier sind meine Freunde
Hier ist unsere Kultur
Hier ist unser Himmelszelt

Wir reichen alle die Hand
Wir verstehen unsere Nachbarn
Wir teilen alles was wir haben
Wir geben wo wir können

Jeder von uns hat sein eigenes Vaterland
Jeder von uns hat seine eigene Kultur
Jeder von uns hat seine eigenen Bräuche
Jeder von uns hat sein eigenes Rechtssystem

Alle sind wir unterschiedlich
Alle sind wir vielfältig
Alle sind wir auf dieser Welt
Alle sind wir besondere Wesen

Leben und leben lassen
Kommen und sich anpassen
Sich gegenseitig wertschätzen

Bräuche und Kulturen schätzen

Wenn wir an unsere Heimat denken
Wollen wir ihr alle Liebe schenken

Open eyes

I was a child
Not seeing those terrible things
I was just wild
And flying under the angel's wings

Getting older under these circumstances
With those poor souls
I saw a lot of brutal nuisances
And their wretched goals

My soul bursted with despair
And love was the remedy
We all have to take care
To solve this insane tragedy

Man*s soul is so beautiful itself
Let*s despise this pelf
Mankind can be so wonderful
And amazing mindful

I am still a child
Seeing those marvelous things
I am still wild
And flying under the angel's wings

Völkerverständigung

Wann checken wir endlich
Dass wir eine große Familie sind
Und jeder Krieg nur liederlich
Und mit Wut ganz blind
Nur Zerstörung bedeutet
Und nur das Miteinander
Frieden und Liebe einläutet

Egal welche Religion
Egal welche Nation
Egal ob schwarz oder weiß
Egal ob kalt oder heiß

Wir sind alles Herzenswesen
Und können in der Seele lesen
Wir sind alle kreativ
Und unglaublich positiv

Wir reichen uns die Hand
Jeder gesellschaftliche Stand

Wir reichen uns die Herzen
Und verbannen alle Schmerzen

Wir bauen Brücken
Und stopfen alle Lücken

Unsere Träume werden wahr
Das ist wohl klar

Hilfe zur Selbsthilfe

Die Hand dem anderen reichen
Ideen zur Selbsthilfe geben
Damit stellt man die Weichen
Zu einem besseren Leben

Jeder muss es am Ende selbst gestalten
Seine eigene Kraft finden
Und sich an seine Fähigkeiten halten
Und die Angst muss schwinden

Wir müssen uns nur vertrauen
Und das Siegen lernen
Auf unsere Stärken bauen
Sich vom Negativen entfernen

So kann sich jede Nation entwickeln
Aus sich selbst heraus Demokratie erschaffen
Sich mit dem GUTEN verwickeln
Mit Liebe und Menschlichkeit als Waffen

Kraft die schafft

Kriege wurden immer von wenigen initiiert
die Bürger und Bürgerinnen haben nie profitiert
die Waffenindustrie verdient ganz kräftig daran
USA, China, Deutschland ganz vorne dran
Man kann sagen, dass bei jedem Krieg auf dieser Welt
Die Waffenindustrie ihre Gelder zählt
Die UNO wird ihrer Aufgabe auch nicht mehr gerecht
Für sie zählt noch nicht mal das Kinderrecht

Friedvoll ist das menschliche Wesen
Nur an diesem Charakter kann die Welt genesen
Frieden ist die einzige Wahl, die wir haben
Nur daran können wir uns alle laben
Frieden unterstützt unsere Kreativität
Unsere Schaffenskraft und Vitalität
Möge bald der Frieden überall einkehren
Die Menschlichkeit halten wir in Ehren

Möge jeder aufwachen und sehen
Die Welt begreifen und verstehen

Leider wie so viele großen Denker
Zu früh gegangen

Er war für seine Zeit der geistige Lenker
In allen wichtigen Belangen

Seine Worte waren immer voller Bedacht
für eine menschlichere Welt

Wir haben viel miteinander gelacht
Was Unwahrscheinliches zählt

Seine Gedanken und Visionen
werden immer bewegen.

Sein Herz und seine Emotionen
Immer Meilensteine legen.

Auch wenn sein Körper nicht mehr unter uns verweilt
wird und hat er viele Seelen geheilt.

Ein Philosoph der ganz besonderen Art
war hier im 21 Jahrhundert am Start.

Land Hand in Hand

Wenn ich and Deutschland denke in der Nacht
So bin ich um den Schlaf gebracht (Heinrich Heine)

Die Hand dem anderen reichen
Damit stellt man die Weichen
Für ein besseres Leben
Im miteinander Streben

Wir lieben zu schaffen und gestalten
Wir lieben zu pflegen und zu erhalten

Unsere Politiker müssen erkennen
Was wir hier beim Namen nennen
So kann es nicht mehr weiter gehen
Den Missstand können wir alle sehen

Wir brauchen eine Politik für den Bürger
Und nicht einen bürokratischen Erwürger
Wir brauchen eine Politik für den Mittelstand
Und ein gesellschaftspolitisches Hand in Hand

Wir müssen neue wertvolle Ziele setzen
die Stärken alle miteinander vernetzen
Politiker müssen die Menschen erkennen
Und uns neue politische Wege benennen

Jeder von uns hat seinen wundervollen Traum
Und pflanzt seinen früchtetragenden Baum
Nur Hand in Hand können wir bestehen
Und miteinander auf dieser Erde gehen

Wir setzen hier ein Zeichen
Und stellen die Weichen
Für eine neue liebevolle Zukunft
Und einer neuen politischen Zunft

It is a crime not to report a crime

Es ist ein Verbrechen, ein Verbrechen nicht anzuzeigen

C'est un crime de ne pas signaler un crime

Es un delito no denunciar un delito

جريمة عن الإبلاغ عدم جريمة إنها

Несообщение о преступлении является преступлением

We need to find the truth behind

Wir müssen hinter die Kulissen blicken

Nous devons trouver la vérité derrière

Necesitamos encontrar la verdad detrás

وراء الحقيقة على للعثور بحاجة نحن

Нам нужно найти правду

Free press is essential for all

Freie Presse ist für alle von wesentlicher Bedeutung

La liberté de la presse est essentielle pour tous

La prensa libre es esencial para todos

الصحافة الحرة ضرورية للجميع

Свободная пресса необходима всем

It is a need to be open for transparency

Es ist notwendig, für Transparenz offen zu sein

Il est nécessaire d'être ouvert à la transparence

Es necesario estar abiertos a la transparencia.

الشفافية على الانفتاح إلى حاجة إنها

Необходимо быть открытым для прозрачности

We humans want more empathy
Wir Menschen wünschen uns mehr Empathie
Nous, les humains, voulons plus d'empathie
Los humanos queremos más empatía
التعاطف من المزيد نريد البشر نحن
Мы, люди, хотим больше сочувствия

No journalist should be in jail
Kein Journalist sollte im Gefängnis sein
Aucun journaliste ne devrait être en prison
Ningún periodista debería estar en la cárcel
لا ينبغي أن يكون أي صحفي في السجن
Ни один журналист не должен сидеть в тюрьме

Politics need to be for the people
Politik muss für die Menschen da sein
La politique doit être pour le people
La política debe ser para el pueblo.
للشعب تكون أن يجب السياسة
Политика должна быть для людей

Stop the war against the truth
Stoppt den Krieg gegen die Wahrheit
Arrêtez la guerre contre la vérité
Detener la guerra contra la verdad
الحقيقة ضد الحرب أوقفوا
Остановите войну против истины

Peace and liberty for free press
Frieden und Freiheit für freie Presse
Paix et liberté pour une presse libre
Paz y libertad para la prensa libre
السلام والحرية والصحافة للحرة
Мир и свобода свободной прессе

Open your heart for other views
Öffne dein Herz für andere Ansichten
Ouvrez votre cœur à d'autres points de vue
Abre tu corazón para otras vistas.
افتح قلبك لآراء أخرى
Откройте свое сердце для других взглядов

Truth needs to find its way
Die Wahrheit muss ihren Weg finden
La vérité doit trouver son chemin
La verdad necesita encontrar su camino
الحقيقة تحتاج إلى أن تجد طريقها
Истина должна найти свой путь

In der Winterstille, leise und klar,
Breitet sich Ruhe aus so wunderbar,
es fällt leiser Schnee
über das Winterkomitee

Ein Hauch von Zauber liegt in der Luft,
durchtränkt von winterlichem Duft
Die Welt gehüllt in ein weißes Tuch.
Das Christkind kommt zu Besuch

Die Bäume, beladen mit glitzernder Pracht,
Tanzen im Wind, in der kalten Nacht.
Die Sterne am Himmel funkeln und glüh'n,
Erzählen Geschichten, wie Märchen sie zieh'n.

In der Kälte erklingt ein leiser Gesang,
Von Liebe und Freude, die im Herzen klang.
Kerzen erleuchten das Dunkel der Nacht,
Ein warmes Licht, das in der Dunkelheit lacht.

Die Menschen versammeln sich nah und fern,
und schauen Betlehems Wunderstern
Zum Feiern, zum Lieben, zum Nehmen, zum Geben
Im diamantenem Winterleben

Die Kinder bauen einen Schneemann im Garten,
und können es auch kaum erwarten
Ein Lachen, ein Singen, ein fröhliches Spiel,
Winter und Weihnacht, die Zeit steht still.

Geschenke, verpackt in funkelndem Papier,

Ein Zeichen der Liebe, der Wärme, ein WIR.
Die Herzen öffnen sich, im Glanz der Kerzen,
Ein Lachen, ein Freuen und miteinander scherzen

In der Stille der Nacht, im Weihnachtslicht,
Finden wir Frieden und die Liebessicht.
Wo Frieden wohnt und das Herz sich wiegt.
Dort das Glück und Schönheit obsiegt.

Nachruf für Edith

Die Blumen neigen sich im Trauerkleid,
Erzählen Geschichten von vergangener Zeit.
das Leben in der Stille windumtost
In Erinnerungen finden wir nun Trost.

All die wundervollen Momente,
mal ruhige und mal turbulente
haben wir miteinander genossen
als denkende Herzensgenossen.

Du warst ein Freigeist im Herzen
Konntest politisch auch Scherzen
Hast die Welt mit offenen Augen wahrgenommen
Und alles Sein in dir freudig aufgenommen

Deine Augen spiegelten Lebenslicht,
Nun ruhst du in Frieden, den Sorgen entwicht.
Die Sonne sinkt, der Tag neigt sich hin,
Doch dein Geist lebt weiter, tief in uns drin.

Wir tragen dich fort mit Achtung und Ruh',
In Gedanken, in Herzen, für jetzt und immerzu.
Ein letzter Blick, ein Abschiedsgruß,
wir senden dir den Freundschaftskuß

Edith, du warst ein strahlender Stern,
Nun gehst du weiter, in Welten fern.
Möge Frieden dich umfangen, zart und weich,
In Erinnerungen, im Lichte vom ewigen Reich.

Die Kerzen brennen in tiefer Nacht,

ein Licht der Dankbarkeit, das leise lacht.
Die Gedanken schweben zu den Sternen weit,
wo Edith nun ruht in der ewigen Zeit.

Adieu und auf ein andermal
Auf Erden hier im Seelensaal
Alle Liebe möchten wir dir senden
Des Lebensruf wird niemals enden

Peace

We all together doing better
With peace and love

War makes no sense to anyone
The Gollum-effect needs to pass
Money can be used differently
No war or pharma industry

We all together doing better
With sharing and giving

Avarice is a deep pain to oneself
The greed makes everybody blind
Prosperity evolves in a greater way
By distributing the share of risk

We all together doing better
With attentiveness and open mind

Hate produces just sufferings
The envy creates mostly destruction
Understanding supports the beauty
And love is the best weapon

We all together doing better
With a human heart and human dress

Trans humanity is not the nature of man

We all together doing better
With an inner appreciation to everybody

Wo Recht zu Unrecht wird, wird Freiheit zur Tyrannei

Die Seele und das Herz begreifen
Innerlich reifen

Sich von dem Äußeren nicht irreführen lassen
Die Wahrheit erfassen

Mit gesundem Menschenverstand walten
Und seine Welt gestalten

Macht und Gier und all die niederen Eigenschaften
Mit Liebe verhaften

Pandora Box hat noch viel Zerstörerisches drinnen
Nach Kreativem sinnen

Out of the box immer wieder erneut denken
Und sein Sein zu lenken

Die wundervolle Menschlichkeit leben
Und danach streben

Mögen immer mehr ihre Liebe in sich finden
Und die Negation verschwinden

The great free set

Screw you with your great reset
We will do our great FREE set

Who do you think you are
You are a dying star
You are inhuman
And not a man
You are a lost soul
With a deep hole
You are a lost soul
With an insane goal

Screw you with your great reset
We will do our great FREE set

Who do you think you are
You are a dying star
You are a nothing
A terrible being
You are a pitiful creature
Without inner exposure
You are so poor
There is no door
For reality and humanity
What a pity

Screw you with your great reset
We will do our great FREE set

Who do you think we are
We are the living star

We will change the present
And will present
A wonderful universe
Most diverse
Where humans love each other
Giving one another
That's how it need to be
In this living see

The Great FREE set will be becoming reality
As we are wonderful creature with humanity

Let this be heard and open your heart
We are all a fantastic part
Of this amazing present
With love in our hand

Ich zahle als Angestellte
Ganz ehrenwert meine Steuer
Als ich mich hinter meine Ideale stellte
Wurde es dann plötzlich teuer

Kritisch zu hinterfragen
Dachte ich gehöre zur Demokratie
Und bestimmt seine Meinung zu sagen
ein wichtiger Bestandteil der Bürokratie

Jetzt sehe ich mich einem Dilemma gegenüber
ich zahle doppelt den Staat mit meinem Geld
und was erhalte ich gerade zurück
eine eindimensionale politisch unwürdige Welt.

Ich dachte Abgeordnete sind Experten
Oder lassen sich von solchen beraten
Die alle Parameter bewerten
Und sich intensive untereinander beraten

Egal welcher Partei man angehört
Gesunder Menschenverstand
Scheint durch die Angst betört
Philosophisch weit weg von Kant

Man hat ja auch einen Eid geschworen
Und sollte für das Volk das Beste generieren
Dies scheint verworren und verloren
Und zu einem wirtschaftlichen Desaster zu mutieren

Als Bayrin, Deutsche und Weltbürgerin

Stehe ich für ethisches Verhalten ein
als kategorischen imperative Bürgerin
sehe ich das wundervolle und vielfältige Sein.

Bürokratie hat in der Politik eine wichtige Rolle
Aber Deutschland hat das größte Parlament der Erde
Zu viel Gesetze und zu viel Kontrolle
Nach Paragraph 8 - hier meine Beschwerde

Kreativität geht hier verloren
Innovationen haben keinen Raum
Denn Gesetze werden auserkoren
Völlig sinnbefreit – man glaubt es kaum

Ein von Guttenberg tritt noch zurück
Und ein Scholz bleibt auf seinem Stuhl kleben
Ein unredliches Paradestück
Und politisch verlogenes Streben.

Mit am besten wohl der Klimahandel
Windräder hier, Elektroautos dort
Hier gibt es regen unlauteren Handel
Und mancher Wälder Mord.

Wer hat denn hier das Sagen
wer hat das Zepter der Staaten in der Hand
Negativität muss man verjagen
und das aus jedem einzelnen Land

Für Harari ist Gott ja tot
Und seine Seele wohl auch schon dunkel
Bei dem ist nichts mehr im Lot
Ein Menschenfeind ohne Lebensfunken

Er und seinesgleichen
Welch armen Seelen
Denen muss man weichen
Und sie beseelen.

Wie gesagt hier ist viel im Argen
Dennoch bin ich hoffnungsvoll
Das Böse muss man einsargen
Denn der Mensch ist per se toll.

Die Natur wert zu schätzen
Und achtsam mit ihr umzugehen
Ihre Harmonie nicht zu verletzen
Und sie mit Liebe versehen.

Womöglich bin ich ein zu großer Idealist
und glaube an die menschliche Güte
Klar bin ich auch ein Realist
Doch mit frohem und heiterem Gemüte

So bleibe ich aktiv
und stehe für Liebe und Achtsamkeit
ich bin konstruktiv
und sähe die Samen der Menschlichkeit

Inhaltsverzeichnis

Zeitfracht Medien GmbH
Ferdinand-Jühlke-Straße 7
99095 Erfurt, Deutschland
produktsicherheit@kolibri360.de

Tucholsky Wagner Zola Scott Sydow Freud Schlegel
Turgenev Fonatne Wallace
Twain Walther von der Vogelweide Fouqué Friedrich II. von Preußen
Weber Freiligrath Frey
Fechner Fichte Weiße Rose von Fallersleben Kant Ernst Frommel
Richthofen
Hölderlin
Engels Fielding Eichendorff Tacitus Dumas
Fehrs Faber Flaubert
Eliasberg Ebner Eschenbach
Feuerbach Maximilian I. von Habsburg Fock Zweig
Ewald Eliot Vergil
Goethe Elisabeth von Österreich London
Mendelssohn Balzac Shakespeare Dostojewski Ganghofer
Lichtenberg Rathenau
Trackl Stevenson Doyle Gjellerup
Mommsen Tolstoi Hambruch
Thoma Lenz Hanrieder Droste-Hülshoff
Dach Verne von Arnim Hägele
Reuter Hauff Humboldt
Karrillon Garschin Rousseau Hagen Hauptmann Gautier
Damaschke Defoe Hebbel Baudelaire
Descartes Hegel Kussmaul Herder
Wolfram von Eschenbach Dickens Schopenhauer Rilke George
Bronner Darwin Melville Grimm Jerome
Campe Horváth Aristoteles Bebel Proust
Bismarck Vigny Voltaire Federer Herodot
Gengenbach Barlach Heine
Storm Casanova Tersteegen Grillparzer Georgy
Chamberlain Lessing Langbein Gilm
Brentano Gryphius
Strachwitz Claudius Schiller Lafontaine
Bellamy Kralik Iffland Sokrates
Katharina II. von Rußland Schilling
Gerstäcker Raabe Gibbon Tschechow
Löns Hesse Hoffmann Gogol Wilde Vulpius
Luther Heym Hofmannsthal Gleim
Klee Hölty Morgenstern
Roth Heyse Klopstock Kleist Goedicke
Luxemburg Puschkin Homer
La Roche Horaz Mörike Musil
Machiavelli Kierkegaard Kraft Kraus
Navarra Aurel Musset
Nestroy Marie de France Lamprecht Kind Kirchhoff Hugo Moltke
Laotse Ipsen Liebknecht
Nietzsche Nansen Ringelnatz
Marx Lassalle Gorki
von Ossietzky Klett Leibniz
May vom Stein Lawrence Irving
Petalozzi
Platon Knigge
Pückler Michelangelo Kafka
Sachs Poe Kock
Liebermann Korolenko
de Sade Praetorius Mistral Zetkin

Der Verlag tredition aus Hamburg veröffentlicht in der Reihe **TREDITION CLASSICS** Werke aus mehr als zwei Jahrtausenden. Diese waren zu einem Großteil vergriffen oder nur noch antiquarisch erhältlich.

Symbolfigur für **TREDITION CLASSICS** ist Johannes Gutenberg (1400 — 1468), der Erfinder des Buchdrucks mit Metalllettern und der Druckerpresse.

Mit der Buchreihe **TREDITION CLASSICS** verfolgt tredition das Ziel, tausende Klassiker der Weltliteratur verschiedener Sprachen wieder als gedruckte Bücher aufzulegen – und das weltweit!

Die Buchreihe dient zur Bewahrung der Literatur und Förderung der Kultur. Sie trägt so dazu bei, dass viele tausend Werke nicht in Vergessenheit geraten.